Y0-AGT-308

Si fuera...

A Mónica y María.

Mención especial en el V Certamen Internacional de Álbum Ilustrado «Ciudad de Alicante», 2005

Juan Ignacio Luca de Tena, 15. 28027 Madrid
www.anayainfantilyjuvenil.com
e-mail: anayainfantilyjuvenil@anaya.es

Primera edición, marzo 2007

Diseño: Manuel Estrada

ISBN: 978-84-667-6437-7
Depósito legal: M. 8727/2007

Impreso en Gráficas AGA
Polígono Industrial Los Ángeles
C/ Herreros, 46
28906 Getafe (Madrid)
Impreso en España - Printed in Spain

Las normas ortográficas seguidas en este libro son las establecidas por la Real Academia Española en su última edición de la *Ortografía,* del año 1999.

Mónica Gutiérrez Serna

Si fuera...

ANAYA

—Si fuera una zanahoria...
sería una nariz.

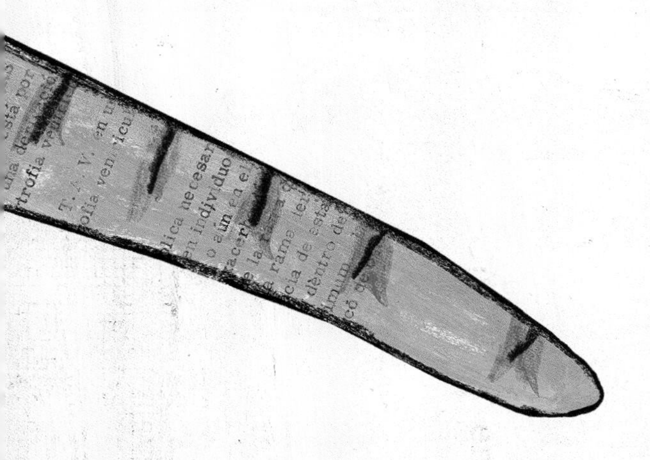

Si fuera una nariz...
sería una montaña.

Si fuera una montaña...
sería un pastel.

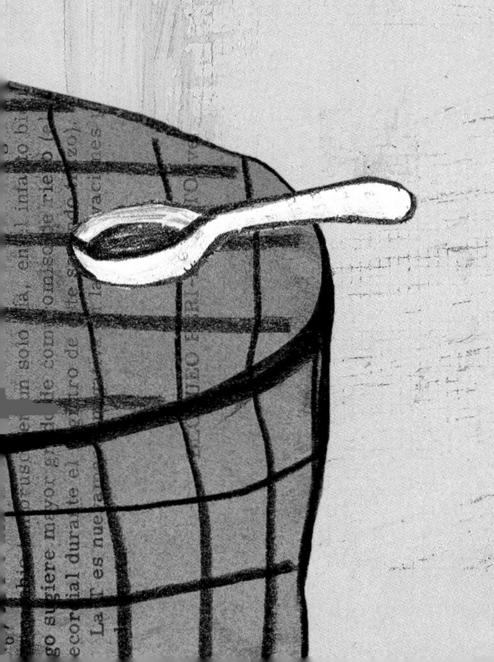

Si fuera un pastel...
sería un sombrero.

Si fuera un sombrero...
...sería un caracol.

Si fuera un caracol...
sería una flor.

Si fuera una flor...
sería una estrella.

Si fuera una estrella...

—¿Y si fueras una estrella...?

¡Mamá!

¿Qué serías si fueras una estrella?

—Si fuera una estrella...
pasaría cada noche
velando vuestro sueño.